KB248928

떠나면

남는

계절

떠나면

남는

계절

이솔로몬 산문집

STUDIO:ODR

그래, 나도 무너지겠지

작은 균열 하나에 무너지는 건물처럼 애처롭게

그렇다고 해도

이곳에 있어 볼게

당신은 한낮보다 화사하고

까만 새벽의 별보다 반짝이는 사람이야

오늘도 무척 고생했어

당신에게 하나님의 사랑이 늘 함께하기를

진심을 다해 기도해

사랑해

차 례

1
아무도 모르게 떠나갔어요

2
네 눈을 가만히 보면

3
떠나면 남는 계절

4

소복이 눈이 내려앉은 탄광에

아무도

모르게

떠나갔어요

1

첫눈

첫눈이 내렸다. 아픔도 슬픔도 아직 다가오지 않았던 서울의 첫 밤처럼 시작됐다. 문을 열어 찬바람을 마시면 좋겠다는 생각보다 이불을 당겨 어깨를 감싸게 될 추위가 먼저 다가와 막연히 창문만 보고 있다. 눈은 차분하다. 차분하게 내려앉는다. 이마에 천천히 손을 가져다 대는 버릇처럼 이마를 짚어보고 다시 내 이마를 짚어보는 습관처럼 다정하게 내려앉는다. 신열에는 따뜻한 차가 좋다는 말이 오가던 무렵 당신이 물을 끓이고 있다.

이거 한 잔 마셔봐.

불을 모두 끄고 창밖을 본다. 눈을 던지는 일이나 눈사람을 만드는 일이 더는 슬겁지 않았지만, 한겨울이 따듯해진다.

눈사람 만들까?

목장갑 위에 고무장갑을 끼고 눈사람에 이름을 붙여
가며 흰 거리를 한참 배회했다. 첫눈이니까. 아픔도
슬픔도 없다. 차분하게 내려앉는다. 그때로 돌아갈
수 있을까.

날이 추우니까 겨울이 다 지날 때까지 안 녹지 않을까?

아픔보다 기쁨이 많았던 때로 눈물보다 품이 잦았던
때로.

아픔보다 기쁨이 많았던 때로

눈물보다 웃음이 잦았던 때로

생신

반송된 우편물처럼 돌아온 편지
지금처럼 하고 싶은 일들 즐겁게 하면서 기쁘게 살
아가렴 아가야
너무 미안한 마음 갖지 말고
사랑해

달짝지근한 기도

마트를 들렀다가 나오는 길에 딸기 한 상자를 샀다.
선물이라며 주머니에 넣어둔 귀걸이를 꺼내던 손처
럼 작지만 생동감 넘치는 선물을 건넨다.

딸기가 참 달다 겨울이라서 그런가?

경계가 삼엄한 눈썹의 긴장이 풀어진다. 따듯한 숨
을 불어넣으면 천천히 떠오르는 열기구처럼 느리게
번지는 미소를 본다.

아랫줄로 갈수록 더 단 것 같아 그치?

어수룩하게 고개를 끄덕인다. 음미하지도 동의하지
도 못할 만큼 짧은 찰나에 신심이 어색한 실옷을 설

치고 있다. 오늘은 너무 기분이 좋은 날이라고 했다. 딸기를 먹어서라거나 맛있는 저녁을 먹어서가 아니라 새근새근 손을 잡은 채 잠든 차 안이 너무나도 평안했기 때문이라 했다.

그녀는 잠들기 전 감사의 기도를 했다. 조명 하나를 켜둔 채 나눠 마시던 차 한 잔, 잠이 드는 순간조차 딸기를 보며 행복해하던 마음이 사라지지 않았다. 천천히 데워지는 편안한 밤 흔들리지 않는 고급 매트리스처럼 미동도 없이 누워 하루를 마치고 있다.

내 일생에 오늘처럼 평안할 날이 또 있을까? 나는 그래서 오늘이 너무 감사해 앞으로도 오늘처럼 매일 감사할 수 있는 지혜를 달라고 기도했어.

겨울이라 당도가 높은 제철 과일처럼 내가 누군가에게 제철일 수 있다는 사실이 진한 딸기처럼 달콤하게 느껴졌다. 한 입 베어 문 황홀감처럼 고요한 방안에 평안이 천천히 퍼져가는 밤이다.

잊혀간다

문이 열리자 멸치 떼처럼 사람들이 쏟아진다. 앞다
투며 에스컬레이터를 선점하려 한다. 그 사이로 사
람들이 순서대로 기차에 오른다. 반가움과 아쉬움이
난잡하게 교차하는 이곳에는 보내는 사람과 떠나는
사람이 있다.

열차와 다음 열차의 간격이 짧아질수록 사람들은 닫
히는 문 사이로 쪽지 같은 진심을 찔러 넣었다. 그것
도 부족했는지 소리도 들리지 않는 유리를 두고 무
언의 진심을 그림처럼 그리고 있다.

사람들은 기다리는 시간을 더 힘들어했다. 가득 부
어도 가득 차지 않는 사랑의 항아리, 밑이 빠진 독처
럼 영원히 성에 차지 않을 사랑을 끝없이 부으며 부
정할 수 없이 가깝게 다가온 이별의 때를 괴로워했
다. 무정한 이별이 심해처럼 기차역을 까맣게 물들

이자 빛을 잃은 멸치들이 떼를 지어 사라졌다. 만남
도 헤어짐도 아무것도 분간할 수 없다는 듯이.
기차역 카페에 앉아 나타나고 사라지는 얼굴을 본
다. 다시는 볼 수 없을 거라면 잠시도 후련하지 않아
야 했을 당신의 얼굴이 아프게 잊혀간다.

느지막이 안녕

비스듬하게 등이 굽은 산을 올라 가빠지지 않는 호흡을 짧게 쌕쌕거리며 싱그러운 산 내음을 생각하겠지요. 가을의 낙엽은 고소하고 바싹 마를수록 소리가 좋은 것처럼 느지막한 오후 산에 올라 여름의 흔적을 밟으며 도토리처럼 가벼운 발자국을 남겨봐요. 햇살이 허리를 구부린 채 아직 지나가지 않은 길을 밝혀줘요. 아마 우리는 이 길을 함께 걸을 수 없겠죠.

이따금 산 내음을 들이켜요. 계절처럼 변해가는 감정이 나뭇잎을 만나면 머리부터 붉게 물들 거예요. 장미가 보이면 당신은 길가에 쪼그려 앉아 다정하게 길고양이를 부르겠죠. 그리고는 당신도 고양이를 좋아해? 하고 내게 물어올 테죠. 나는 천천히 고개를 끄덕이고 이내 숨겨둔 통조림을 건네줄 거예요. 그럼 그보다 더 행복할 수 없다는 듯 사랑스럽게 나를 바라보겠죠. 그 미소면 충분해요.

겨울 어느 오후가 따스해서 야트막한 언덕에 올라 햇살을 맞아봐요. 당신은 사진 속 가장 먼 곳에서 천천히 걸어와 내 어깨를 잡겠지요. 나 뒤에 있는 거 못 봤어? 하는 말을 싱그럽게 던지면서요. 귀걸이가 참 잘 어울리네 누가 사줬는지 몰라도 당신은 참 행복하겠어 하면 또 다시 내게 그 미소를 보이겠죠. 당신의 미소를 따라 내 입가에는 미소가 번질 거예요. 세상에서 가장 행복한 바보가 된 듯이요.

나무에 숨은 청설모처럼 아무리 따라가도 잡히지 않는 잔상은 낙엽이 되고 나뭇가지가 될 거예요. 아무렴 어때요. 나는 느지막이 청설모 뒤를 따라갈 뿐인걸요. 오후가 늦어 해가 곧 질 것 같아요. 이제 걸음을 돌려야겠어요. 뒤돌아 가는 길에도 꽃은 여전히 피어있을 테죠. 난만한 장미와 그 곁에 당신을 불러오는 아픈 산책로에서요.

괜찮아요. 이제 내가 돌아가는 당신의 뒷모습을 보며 손을 흔들게요.

잘 가요. 그간 고마웠어요. 안녕.

괜찮아요   이제 내가

돌아가는 당신의 뒷모습을 보며

손을 흔들게요.

잘가요. 그간 고마웠어요.

안녕.

아픈 소식

몇 날 며칠 모은 돈으로 이월해서 파는 겨울 잠바를
샀다는 소식을 듣고 하려던 말을 주머니에 찔러 넣
었다. 그런 것도 자주 사 입는 사람들한테나 어울리
는 거지 하며 두 손을 등 뒤로 숨겼다. 이제 그런 거
말고 좋은 옷 한번 입어야지 하며 준비해둔 옷가지
를 꺼내자 봉두난발 네가 천진난만해진다.
집을 나와 텅 빈 공원에 있다. 표정도 없이 막연히
고요하기만 하다.

은빛 자격지심

그즈음 하루는 달거나 짜기만 해도 자울거렸다. 편의점 계산대에 즉석식품 같은 것들을 올려두면 폐기라며 그저 내어주길 바라기도 했다. 수시로 작아지는 숫자를 보며 몸을 웅크렸다. 더 작아질 수 없을만큼 몸을 말았다.

곱씹을 일밖에 없어 차마 힘들다고 말하지 못했다. 자격지심이 견고한 수갑처럼 묶어 벗어나려 할 때마다 달빛에 반짝거렸다. 그게 얼마나 자신을 초라하게 만드는 일인지 알면서도 벗어낼 수 없는 현실의 옷가지와 습관적인 불안을 이겨내지 못했다. 머리끝까지 이불을 끌어올린다.

주린 배를 채울 음식이면 며칠을 안심하다가 얼마 지나지 않아 푼돈에 초라해졌다. 나뭇잎 한 장을 들어 올리면 저울처럼 기울고 다시 내리면 평평해지기를 반복했다.

내 하루는 고작 만 원짜리 몇 장일까. 종이 몇 장에
모두 사라져 버릴까.

해충만 못하게

"돈이 되지 않는 일만 하면서 인생을 축내는 사람은 직장 생활을 하는 사람이 아니라 취미 생활을 하는 거예요 생계도 책임질 수 없고 자기가 하고 싶은 일만 하면서 산다는 건 정말 이기적인 거죠"

우천리

말하지 않아도 눈금 지워진 비커처럼 측량할 수 없
던 그 삶은 어려웠을 것이다. 침대 머리맡 서로의 등
에 기대어 잠이 들었을 그 밤은 달도 힘겹게 산을 넘
었을 것이다. 외딴 똥개 한 마리에 덜컥 밴 새끼와
시멘트 바닥 위 한 편에 개집, 중절시킬 수 없어 아
픈 강아지와 물려받아야만 했던 인형 더미들까지 개
구리도 눈을 감고 울어야만 하는 밤이었을 것이다.

번개가 치면 정전이 일고
불이 꺼지면 불현듯
십자가 같은 양초가 붉게 켜지던
안팎이라고 할 것도 없이 벌레가 득시글거리던
참아야만 했던 빈곤의 습관과
빌려볼 일밖에 없던 손의 관성

나날이 가난해지던 외딴 다리 건너 휑뎅그렁한 집

십자가 하나에 몸을 기대어 기울어지는

아버지

같은 양말 같은 잠바

같은 양말에 같은 잠바를 입었다. 늘 같은 모습으로
같은 표정으로 만났다. 아빠를 닮아 마음이 착한 아
이는 형이고 누나고 이리저리 잘 따라다녔다. 나뭇
가지로 칼싸움을 하거나 야트막한 산에 올라 대나무
로 활을 만들어 노는 겨울이었다. 그의 집에 놀러 갔
다. 어김없이 같은 양말에 같은 잠바다. 집에 들어가
도 좀처럼 아이는 겉옷을 벗지 않았다. 바닥에는 두
꺼운 이불이 이중으로 깔려있다. 이불 아래로 다리
를 넣었다. 차가웠다. 이윽고 해가 졌다. 먼저 갈게
하고 일어서려는데 아이가 그곳에 그대로 있다. 여
전히 같은 양말에 같은 잠바를 입고 있다.

연탄

비참하고 비루하다. 빛바래고 소매가 낡은 옷을 입고 태어났다. 화창하고 맑은 하늘에 살아갈 자격이 없어서 늦은 오후에서야 깨어난다. 사람은 기울고 병들어있다. 버리기에는 쓸모가 있을 것 같은 박스처럼 작은 구멍이 군데군데 난 채로 있다. 구멍도 거처라고 하나씩 하나씩 희망적인 단어가 있다. 대출, 연장, 기한, 기회 같은 말이 살고 있다. 틈은 바람이 잘 들어 수시로 춥고 예보보다 앞서 시린 무릎같이 불현듯 다가온다.

후후 숨을 불어넣으면 다만 몇 분이라도 타오를 것만 같다.

잘 가요

아무도 모르게 떠나갔어요. 고맙다는 말을 아직 충분히 하지 못했는데 말이에요. 사람이 떠나면, 사람이 떠나고 나면 고맙다는 말을 충분히 하지 못한 게 가장 슬플 것 같았어요. 가을의 아침처럼 불시에 떠나버리면요 숨이 막혔다가 천천히 돌아와요. 심장을 망치로 맞은 것 같아요. 그런 시간이 새벽녘마다, 익숙해질 즈음이면 일정한 시기를 두고 불현듯 다가와요. 그렇게 몇 달이 지나고 해를 거듭하면요, 다 잊은 듯 살아갈 수가 있어요. 아무렇지 않아질 때까지 그러다가 그래 그런 사람이 있었지 하고 모든 일이 어렴풋해진답니다.

저는 아직 어린 나이라고들 해요. 그런 나이에 비해 집안 어른들은 대부분 이미 계시지 않고 참 많은 이별을 했답니다. 마치 시인이 되어야 하는 운명처럼 삶이 저를 이끌어갔어요. 연유는 알 수 없지만, 해마다 하나씩 사랑하는 사람들이 떠나가요. 그래서 제 마음에는 사랑이 많답니다. 두 번 다시 볼 수 없을 것만 같은 기분을 먼발치의 흔들리는 인사에서 느끼니까요.

사람이 떠나고 나면 고맙다는 말을 충분히 하지 못한 게 가장 슬플 것 같았어요. 메마른 웃음을 행복이라고 생각했던 사람의 소식을 들었어요. 다 그만하고 싶었다네요. 그런 당신에게 꼭 해주고 싶은 말이 있어요. 나의 사랑이 꼭 당신에게 닿기를 바라요.

헤아릴 수도 없을 마음을 제대로 들여다봐 주지 못해서 정말 미안해. 그렇지만 당신은 참 귀해. 늘 너무 고마워. 그리고 너무 많이 사랑해. 잘 가.

이유는 알 수 없지만,

해마다 하나씩 사랑하는

사람들이 떠나가요.

그래서 제 마음에는 사랑이 빱답니다.

두 번 다시 볼 수 없을 것만 같은 기분은

먼발치 흔들리는

인사에서 느끼니까요.

솜을 뜯어
작은 트리에 구름처럼 얹으면

가을이 가고 다음 가을이 와도
차분한 낙엽들 위로 네가 있어
낙엽을 보낸 휑한 가지처럼
바람 한 점 쉬지 못하는 내게
당신은 한겨울 트리에 얹은 하얀 솜 같아
외로울까 봐 솜처럼 가볍게 걸터앉아
참새처럼 지저귀잖아
지금처럼 나를 가득하게 채워줘
쓸쓸해 보여도 언제나 기댈 수 있는 나무가 될게
트리처럼 고요한 한밤에,
눈을 기다리듯

졸린 눈을 비비며

잘 잤어? 잠깐만 여기로 와볼래? 어때? 당신 눈 좋
아하잖아 일어나면 보여주려고 내가 새벽에 얘기를
좀 했어 그게 그렇게 좋아? 아니, 진짜야 내가 당신
잘 때 밖에 나가서 눈을 꼭 뿌려주세요 하고 하늘에
다가 얘기를 해놨어 당신이 원하면 뭐든 정말 다 해
줄 수 있다니까 어때? 너무 아름답지

네 눈을

가만히

보면

사랑하는 일

내가 얼마나 부족한 사람인지
변해가는 어색한 나를 보며
소박한 하루를 지켜내고 싶어
품에 편히 잠든 이마를 천천히 어루만지는

이런 말을 하고 싶지 않았다

이런 말을 하고 싶지 않았다. 괜히 말하면 그 말이 나를 잡아끄는 것 같아서 피하고 싶었다. 속설 같은 말은 대체로 맞고 말은 다시 행동을 규제한다. 한번 뱉어낸 말은 쉽사리 사라지지 않는다. 귀로 들어와 머릿속 어딘가에서 자리 잡아 사라지지 않고 행동이 말과 어긋나는 때마다 번개처럼 나타난다.

수많은 말을 했다. 허투루 한 말이나 진심을 다했던 말이나 한번 내 입을 벗어난 말은 쉽게 사라지지 않는다. 약속처럼 이루어질 때까지 남아있다. 직감은 영혼의 속삭임에 가깝고 우리가 잠이 들었을 때, 그처럼 현실과 현실이 아닌 틈에 빛처럼 스친다. 보통 그런 직감은 대체로 부정적이다. 대부분 일정한 파동 속에 살기 때문이다.

아쉽지만, 좋으나 싫으나 일어날 일은 일어나고 일

어나지 않을 일은 일어나지 않는다. 다만, 그것이 일어나기를 희망했는가 아니면 일어나지 않았으면 하고 소망했는가. 행복과 불행은 그것에 더 가깝게 있다. 운명처럼 일어나는 일들이라면 그 얼마나 허무하고 한편 얼마나 공평한가. 불행과 행복의 경계에서 소망과 바람의 틈에서 기쁨과 슬픔 사랑과 좌절을 지켜보고 있다.

수많은 말이 지나갔다. 나는 여전히 한참 부족하고 그러므로 세상을 사랑한다. 잊었거나 잊지 못했거나 지나간 곳에는 여전히 내가 있다. 이제라도 괜찮다면 언제라도 두 팔을 활짝 펴 안아주고 싶다. 그렇게 다독이다 찬술을 한 잔 권하며 "괜찮아 편하게 마셔, 여기는 아무도 없어" 하고 말을 아껴주고 싶다. 위장이 뜨거워지다가 이내 편안한 온기가 밀려올 때까지 가만히 바라봐 줄 것이다. "많이 힘들지?" 하면 그렁그렁 맺히는 눈물이 천천히 턱 끝에서 소리로 맺어질 때까지 기다려 줄 것이다.

지키지 못해서 지킬 수 없던 당신을 그렇게 사랑하고 있다. 직감적으로 사랑하고 있다.

지커지 못해서

지킬 수 없던 당신은

그렇게 사랑하고 있다.

직감적으로 사랑하고 있다.

서점에서

몬아, 책 사줄게 나 어차피 회사에서 책 사라고 지원
금이 나와

신설동

"소풍을 가면 어떨까?" 얘기했다. 아침 일찍 일어나 경치가 좋은 어느 언덕을 따라 올랐다. 그곳에는 전망이 좋은 정자가 하나 있고 무궁화가 있었다. 이곳에는 이런저런 역사가 있다며 여기에 서서 저곳을 보며 그리워했을 테니 생각만으로도 가슴이 아프다고 했다. 그러자 "응, 마음이 많이 아팠겠다"라는 대답이 들려왔다.

언덕을 내려와 후텁지근한 거리를 따라 다신 걸어볼 일 없을 골목을 이곳저곳 누볐다. "여기에는 버려진 곳들이 많네 낡고 오래된 것들 말이야" 하며 그곳을 해설하듯 걸어 다녔다. 미리 찾아둔 국밥집은 온통 낡고 허름해서 어린 시절 얻어먹었던 시골 친구 할머니네 국수를 생각나게 했다. 음식의 맛은 간이나 국물의 깊이에 관한 생각을 하기도 전 재료를 주물

럭거리던 맨손을 본 후부터 찜찜함으로 내게 다가왔다. "그래도 이거 맛있네" 대답이 들려왔다.

식사를 마치고 천천히 걷다 카페를 들어갔다. 커피를 시켜놓고 휴대전화를 꺼내 오늘 느낀 것들을 조금 적어보겠다고 하자 "응. 편하게 해"라고 말해주었다. 저녁이 가까워지는 무렵 창밖이 어두워지기 시작했다. "이제 그만 돌아갈까?"

지하철을 타고 돌아오다 깜빡 잠이 들었다. 눈을 떠보니 끔뻑끔뻑 당신이 어깨에 기대 아이 같은 순백의 잠을 자고 있다. 해가 질 무렵 현관문 열리는 소리와 함께 집에 도착했다. 당신은 도착하자마자 깊은 잠에 빠지고 홀로 앉아 수첩에 긴 오늘의 마지막을 맺고 있다.

'이것뿐이라서 이것밖에 없어서 미안해. 정말 가진 게 아무것도 없어서. 그럼에도 초라한 나와 함께해줘서 고마워. 진심으로 생일 축하해.'

마침표를 찍으며 새근새근 오르내리는 어깨를 바라보고 있다.

하품

자꾸 눈물이 나 네 눈을 가만히 보면 작고 하얀 강아
지의 청결한 산책 같은 네 곁에서 올망졸망 반짝이
는 눈빛은 사랑, 느린 걸음으로 느슨한 강아지의 시
간을 기다려 주는 다정한 더딤 그런 네 눈을 보면 어
쩐지 자꾸 눈물이 나 뭐라 아무 말도 할 수 없어지
는 사랑 끝내 다정한 미소를 띄워볼 일밖에 없는, 두
발을 무릎에 올리고 그렁그렁 산책을 기다리는 갈색
강아지 같은 사랑 머리를 쓰다듬어 달래고 이마에
입을 맞출 수밖에 없이 불가항력으로 밀려오는, 흘
려보낼 수 없이 한가득 끌어안고 그렁그렁 막 하품
을 하려던 것처럼 마냥 그럴 수밖에, 없는

멀끔한 처 좀 덜 하고 살면

지난여름을 덮친 장대비는 걸음걸음 악취를 남기고 멀쩡해 보이는 얼굴과 아무런 상관도 없이 곪아있는 마음을 좁은 산책로 위 모조리 게워버리는데 묵혀둔 마음인지 괜찮은 적도 없었던 건지 코를 찌르는 악취를 맡으며 길을 걷다가 떠오르는 얼굴을 들여다보면 어느 하나 상처 없는 삶이 없고

멀쩡해 보이기만 하는 사람들 곪아 터진 마음을 숨기고 아무렇지 않은 표정으로 천변을 달리는 사람들 버스 손잡이에 빠져있는 몇몇 손가락, 간신히 기둥에 몸을 기댄 채 무거운 답장을 보내는 사람들 이따금 피식피식 말장난을 주고받으며 어이없는 웃음을 행복이라 말하는 사람들 고난도 고통도 없었던 것처럼 가족의 전화를 받는 남자 타고 가는 건지 실려 가는 건지도 모를 구급차 같은 전철에서 다시 버스에

서 끝내 입꼬리를 간신히 광대에 걸고 환한 대문을
열어젖히는

감포 앞바다

감포 앞바다를 보면서 슬퍼했습니다. 이상하리만치 감포로 향하는 날이면 바다는 비바람이 불고 파도가 높았습니다. 지나치게 생각이 차오른 때에 바다를 향했다는 건 피할 수 없는 운명 같은 일이라 생각했습니다. 울적한 마음이 감포로 발을 이끌어갔지만, 한순간도 위로가 되지 못했습니다. 심해로 천천히 잠기는 쇠사슬처럼 발은 무거워지고 한없이 추워집니다.

바다는 나를 위로한 적 없습니다. 다만, 내가 그것을 보며 미처 인정할 수 없는 생각을 내려놓을 뿐이었습니다. 울적한 마음이 측량할 수 없이 깊어집니다. 그렇게 바다를 보다가 슬픔이 잔잔해지면 천천히 차분해졌습니다. 해마다 더욱 짧게 분기마다 감당할 수 없는 시기가 찾아왔습니다. 압류 스티커가 붙어

있는 거실 앞에서 희망 조각이 산산이 부서지고 있습니다.

폭풍의 전날 밤을 희망이라 생각했습니다. 비참한 낙관이 내일의 희망이기를 바라며 다가온 비바람을 생각하지 못했습니다. 그런 날조차 이따금 바스러졌습니다. 그래서 그랬습니다. 먹구름이 가득한 동해 바다가 어둑어둑 회색빛 조명을 줄였다 밝히기를 반복합니다. 천천히 컴컴해집니다. 저 멀리 거대한 흑암이 검은 망토를 두르며 덮쳐옵니다. 새까만 심해를 향해 명암도 없이 철커덩철커덩 끌려가고 있습니다.

영화관

영화관을 좋아한다. 말 그대로 영화를 보는 일보다 영화관에 가는 일을 좋아한다. 영화관은 나를 현실로부터 멀리 밀어버린다. 눈을 감으면 모르는 곳으로 나를 데려다주는 그 순간을 좋아한다. 영화관에 가는 내 주된 이유는 그것이 아닐까 생각했다.

나의 오랜 영화 역사는 비디오 대여점에서 시작됐다. 〈로빈 후드〉나 〈뮬란〉 같은 애니메이션에서 〈피아니스트〉 같은 대작들까지 시골에서는 도무지 만나 볼 일도 없는 영화관이었기에 집에서 테이프를 빌려와 영화를 볼 수밖에 없던 시절이 있었다.

비디오는 한 번 보고 나면 비디오테이프 플레이어에 넣어 되감기를 해야 했는데 처음이 아닌 중간 지점으로 돌려보고 싶은 때면 테이프를 빼 좌우 릴을 손가락으로 감아 늘어나고 줄어드는 필름을 보며 대략적인 지점을 유추해 다시 재생해야 했다.

처음 영화관을 접하게 된 계기는 지역에서 운영하는 문화관의 애니메이션 극장 상영이었다. 시간이 한참이나 지난 지금도 그때의 기억을 잊지 못한다. 캄캄한 동굴에 들어가면 커다란 스크린이 밝아지고 나만을 위해 준비해놓은 또 다른 세상으로 손을 잡혀 끌려가는 기분 어느새 내가 주인공이 된 것만 같았다가 다시 동굴에서 깨어나던 그 기분을 아직도 잊을 수가 없다. 경북을 돌아다니듯 살다 대구로 이사를 했을 때 같은 반 친구들과 함께 선생님을 따라 제대로 갖춰진 영화관에서 본 첫 영화 〈괴물〉을 보러 간 기억도 있다. 암실에서 비치는 한 줄기 빛으로 다른 세상이 펼쳐지던 나의 하루하루는 그렇게 변해갔다. 성인이 된 후에는 혼자 심야 영화 보러 가기를 좋아했다. 무료해서도 아니고 영화가 보고 싶어서도 아니라 일상적인 삶의 환기가 필요해서 갔다. 가장 늦은 시간 사람도 얼마 있지 않은 깜깜한 곳에서 나만을 위해 준비된 새로운 세상에 뛰어들어 대단한 사람이 된 것 같은 바보 같은 착각을 하는 게 좋았다.

잠시라도 막연한 현실에서 벗어나 팔자에도 없을 멋진 사람이 되는 상상, 그 상상만으로도 얼마간 더 열심을 내볼 수 있을 일이다.

나도 저들처럼 멋진 꿈을 꾸니까. 꿈이 없는 인생이 얼마나 달라질 수 있겠어. 다행이다. 꿈이라도 꿀 수 있어서.

우회하세요

길을 잘못 들었다.

연천에서 파주를 돌아 나오는 길 '우회하세요' 표지판을 보고 길을 착각하는 바람에 애먼 길을 돌아 민간인통제선까지 다다르게 됐다. 이대로 지나가면 북한까지 갈 수 있을까 장난스러운 생각을 하다가 얼른 임진강역을 돌아 벗어났다. 임진강역에 역사가있다는 것을 알고 검색을 했더니 왕복 기차표를 구매하면 도라산역까지 갈 수 있다는 사실을 알게 됐다. 다음에는 꼭 그곳을 들러보리라 하고서 차를 돌린다.

그날의 여정에는 일찍이 포함되지 못했다. 연천을 둘러보고 나오는 길을 찾아보다가 군사분계선과 가장 근접한 길을 따라 돌아나가고 싶다는 생각이 들어 그곳을 천천히 둘러보며 나오는 길이었다. 북한과 가장 근접한 강원도와 경기 북부 지방은 전쟁의 상흔과 역사의 오랜 형태를 가지고 있다. 유적지를 미리 찾아보고 답사하기를 즐기는 나는 현재를 잘 살아가는 방법은 과거에 있을 거라며 역사책 보는 일을 좋아했다. 의도했든 의도하지 않았든 예상하지 못한 곳의 실수가 아니면 발견할 수도 없었을 기쁨이 있다.

유적지에 대한 기억은 책에 빠져 일 년간 책만 읽은 시절에서부터 시작됐다. 역사에 대한 호기심은 그 시기를 기점으로 커져갔는데 어린아이들을 위한 역사책에서부터 시작해 만화로 그려진 역사책, 사학자의 책에 이르기까지 읽었던 페이지를 읽고 또 찾아 읽으며 도서관에 기생한 시기이기도 했다. 언젠가는 내가 책에서 본 곳을 한 번쯤 모두 가보리라 다짐하기도 했었다. 그때를 돌아보면 그게 무슨 미친 짓인가라는 생각이 가장 먼저 들지만 그 해부터 나의 인생이 송두리째 바뀌게 된 것 같다.

무리하지만 무모한 선택이 바꿔나간 나의 삶을 보면 변화는 늘 예상하지 못한 곳에서 시작되고 용기 있는 자의 도전과 끈기로부터 만들어진다는 사실을 믿을 수밖에 없다. 살아가다 보면 믿기지 않는 일을 하는 사람들을 종종 볼 수 있다. 수억의 빚을 지고 매일 두 시간의 쪽잠을 자며 일곱 가지의 일을 하며 십여 년의 세월 끝에 모든 빚을 청산하신 아저씨, 쉽사리 들기도 어려운 가구와 물건을 베개처럼 들고 계단을 오르던 기사님의 늦은 새벽, 잠도 못 자고 집을 나선 새벽 여섯 시, 홀로 공장에서 다친 팔로 기계를 돌리다 이내 무거운 물건을 하루 온종일 연거푸 옮겨야 했던 사람까지 믿을 수 없는 일을 믿기지 않는 강도로 하며 살아가는 사람들을 볼 수 있다.

그들은 일찌감치 알았을까. 이제는 늦었다고 생각했을까. 아, 길을 잘못 들었네 하고 차를 돌리기에는 너무 멀리 와버렸다는 것을 알았을까. 아니면 이미 달려온 길이 막다른 길이었을까. 친절하게 우회하세요 하고 알려줄 수 있는 사람이 없었을까. 한참 달렸더니 곁에 아이들이 보였을까. 이판사판 퇴로가 없다며 외길로 난 산길을 울퉁불퉁 밟으며 살고 싶어 그렇게 달렸을까. 무엇이 그들을 그토록 지독하게 만들었을까.

한동안 우회하라는 말에 관해 깊게 생각했다. 피할 수 있는 건 피해 가야 하니까 그렇게 가야 덜 다치고 보다 안전하게 멀리 갈 수 있을 테니까. "땅이 파여 있어요" 하면 피해 가면 되니까 그럴 수 있으면 되는 거지 하고 생각했다.

오늘은 길을 잘못 들어 전혀 생각하지 못한 곳에 다다랐다. 피하라며 일러줘도 제대로 피해 가지 못한 길의 끝에 전혀 생각하지 못한 것이 있다.

그럴 수 있다면, 그렇게 잠시라도 당신을 위로할 수 있다면 나는 기꺼이 잘못 난 길을 따라 한참을 배회하고 힘들어하다 당신에게 이렇게 이야기하고 싶다. 아, 나도 가보니까 정말 이런 길도 있더라 그렇지만 너무 재미있었어 봐, 가보니까 알지 나도 가보지 않았으면 어떻게 이런 행복을 알 수 있을까 싶어 그러니까 너무 상심하지 말고 지금처럼 가 이 길의 끝에 뭐가 있을지 어떻게 알겠어 다만 나는 네가 지금처럼 즐겁고 행복했으면 해 하며 다정한 아침밥 같은 말을 건네주고 싶다.

정말, 다 괜찮아 이대로도 너무 멋있어 하고 당신을
꼭 안아주면서.

아, 나도 가보니까

정말 이런 길도 있더라.

그렇지만 너무 재미 있었어.

봐, 가보니까 알지

나도 가보지 않았으면 어떻게 이런

행복을 받수 있을까 싶어

그러니까 너무 상심하지 말고

지금처럼 가 이 길의 끝에

뭐가 있을지 어떻게 알겠어

다만 나는 네가 지금처럼

즐겁고 행복 했으면 해.

우리 이렇게 멀어져 가도

우리 이렇게 멀어져 가도 서로를 바라봐 주던 마음만은 잊지 맙시다. 계절이 떠나고 해가 짧아져도 붉은 나뭇잎의 초록빛 과거가 사라지지 않듯, 목소리도 차츰 멀어져 가겠지만 서로를 기다려 주던 그 귀한 마음만은 잊지 맙시다.

새로운 계절을 기다리는 새로운 꽃잎처럼 다른 인연이 당신의 삶에 가득해진대도 심장에 닿는 우리 목소리는 잊지 맙시다.

공연히 멋쩍은 웃음을 짓는 어느 날 갑작스레 그런 당신의 곁에 나타나기를 희망합니다. 등 뒤에 숨긴 선물을 건네듯 흰 눈처럼 다가가길 희망합니다. 그때는 꼭 허물도 원망도 없이 나를 안아주었으면 합니다. 적막 속에서 고요하게 덮어주었으면 합니다.

그때쯤이면 나의 해묵은 과오를 보며 잠시나마 당신

이 고개를 끄덕여 줄 겁니다.

행복의 순서

가능하면 좋은 이야기는 길게 늘어지게 해. 충분히
설레고 기분 좋게 그리고 괴로운 말들은 간결하게
해. 가급적 좋은 이야기를 먼저 시작하고 만나는 자
리를 기분 좋게 만들어줘. 기쁜 소식과 슬픈 소식이
있을 때 슬픔이 먼저 나오면 뒤따라오는 기쁜 소식
의 설렘도 반감되니까. 반대로 오래 행복하다가 나
쁜 소식을 전해야 할 때는 그 일은 그렇게 됐어 하고
말면 돼. 그러면 그래, 아무래도 그렇지 하고 가볍게
넘겨줄 거야.

 지나간 일은 되돌릴 수 없지만, 행복을 주는 일은
네가 선택할 수 있는 거니까. 사랑하는 사람들과 부
디 그렇게 행복을 나누며 살아. 늘 고마워. 그리고
많이 사랑해.

지나간 일은 되돌릴 수 없지만,

행복을 꾸는 일은

네가 선택할 수 있는 거니까.

사랑하는 사람들과

부디 그렇게 행복을 나누며

살아 줘 고마워.

그리고 많이 사랑해.

떠나면

남는

계절

이솔로몬 EP 앨범 〈떠나면 남는 계절〉이 재생됩니다.
3장의 테마가 된 수록곡들과 함께 글을 감상해 보세요.

붉은 장례

붉은 장례가 일주일이 넘게 이어졌다. 모두 떨어져 새까맣게 변해버려야 완전히 부서질 수 있다. 잡아둘 수 있는 것은 없다. 가지의 끝을 붙들고 있는 마지막 손을 놓으며 혼이 떠나간 몸처럼 차갑게 식어간다. 색을 잃어간다. 더 줄어들 수 없을 만큼 바싹 마른 낙엽이 끝내 산산조각 난다.

생을 마친 나뭇잎은 잠깐 낙엽이라는 새로운 이름을 부여받는다. 화장로 대기 명단처럼 끝을 앞둔 이름 그렇게 일주일여의 시간이 흐르고 나면 화장을 거친 유골처럼 모두 가루가 된다. 지나버리면 무슨 의미가 있겠어 할 수 있을 때 해야지 그렇게 말하고도 끝내 하지 못했다.

고개를 숙인 채 낙엽이 가득한 거리에 가만히 서있다.

그녀가 살아있다

텅 빈 집을 나서는 어느 평일 오후 걸음을 옮기던 중
갑작스레 비가 쏟아진다. 이것도 잠시겠지 잠깐이면
되겠지 하고 처마 아래 몸을 숨긴다. 비가 홀로 가는
이들의 발을 묶고 벗어날 수 없게 생각을 동여맨다.
그사이 어둑어둑했던 하늘이 점점 캄캄해지고 있다.
이제 다시 만나볼 수 없는 이의 목소리가 나를 부르
던 기억은 죽지 않고 살아있다.

떠난 이의 유품을 정리하고 집으로 돌아온 날 단란
한 가족이 꿈에 나왔다. 다정한 저녁 식사에 하염없
는 웃음을 곁들이며 밥을 먹었다. 서로를 살피며 걱
정도 고난도 없을 것처럼 단란한 식사를 했다. 웃음
에 웃풍도 곰팡이도 없다.

늘 그 집을 벗어나고 싶었다. 열 평 남짓의 여유를
허락하지 않는 가구들로 열 사람이 앉으면 비켜 갈

틈도 없이 비좁던 집 잠시라도 다른 생각을 하면 마음보다 가까이 있는 표정에서 속내를 들켜버릴 수밖에 없던 집 결국 동네 한 바퀴를 돌고 오겠다면서 나서야만 했던 집 늘 그 집을 벗어나고 싶었다.

장대비 매섭게 쏟아지는 화장터 앞에 있다. 울음의 총량이 있다면 우리 하나도 급한 거 없어 천천히 울어도 돼 하고 달래고 싶은 날에 비가 왔다. 드문드문 연결되는 주파수의 희미한 라디오처럼 짧은 숨을 헐떡이는 여자들이 얼룩덜룩하게 있다. 우산이 없어서 비가 더 세차게 내린다. 미처 밤도 오지 못한 거리가 깜깜하다.

두 발로 걸어도 벗어나지 못하는 길에 자유는 없다. 죽은 적 없는 이의 목소리는 이미 죽은 목소리에 가깝고 아무것도 들리지 않는 내 귀에는 이미 떠난 이의 소리가 남아있다.

대문을 열면 고개를 돌리며 나를 부르던 이가 살아있다.

십오만 원

마지막 말을 마친 그는 한참 동안 말을 아꼈다. 지난 세월의 고난이 한순간 겹쳐 부푼 헛배 위로 목이 막힌 사람처럼 아무런 말도 하지 않았다. 되돌아오면 꼭, 더는 걱정할 일 없이 잘 지내고 있겠다는 버거운 약속을 지켜내서였는지 몇 점 먹지도 못한 소고기를 앞에 두고 오랫동안 아무런 말도 하지 않았다.

그때는 오천 원이 없어서 밥도 못 먹었는데, 이제 소고기를 다 사준다 몬아, 얼른 좀 먹어

떠나면 남는 계절

02 — 〈이별의 계절〉의 테마글

저녁이 선선한 며칠이 지나 창문을 닫게 되는 어느 아침을 생각합니다. 나도 한때는 매일이 아름다웠지 하고 돌아보게 될 어느 저녁의 어스름. 열정과 정열을 지나 안정과 안락을 찾아가게 될 때의 쓸쓸함 서늘해지는 아침저녁을 따라 지나버린 것들이 스쳐 갑니다.

떠나보내지 못하고 거리에는 낙엽만 굴러다니고 있습니다. 홀로 빨갛게 익어갑니다.

떠나지 못하고 머뭇거리는

낙엽만 굴러다니고 있습니다.

홀로 쓸쓸하게 익어갑니다.

커피 한 잔을 들고

커피 한 잔을 들고 기차를 탑니다. 식으면 금방이고 사라질 풍미겠지만 한 모금을 입에 머금으면 무엇과도 비교할 수 없이 느슨해집니다. 기차가 성급하게 역을 벗어납니다. 따뜻했던 커피가 식어가는 시간이면 어디든 갈 수 있습니다. 커피가 미처 차가워지기도 전 다음 역을 알리는 안내방송이 흘러나옵니다.

열차가 나오면서 우리의 시간이 빨라졌습니다. 커피가 식기도 전에 다른 지역을 갈 수 있고 편지가 오가는 시간이 무색하리만치 이제는 휴대전화를 통해 많은 진심을 주고받을 수도 있게 됐습니다. 세월이 더 흘러 열차보다 더 빠른 세상을 살아가게 된다면 짧아진 시간이 무색하리만치 멀게 느껴지던 나의 사랑도 마음만큼 보이는 날이 올 거라 생각합니다.

비록 쉽사리 만날 수 없어 천천히 다가오길 기다려

야 했던 세월처럼 숙고가 필요한 나의 마음을 당신이 한눈에 알아차릴 수는 없겠지만, 내게는 여전히 뜨거운 커피 한 잔이 있어 식어가는 시간만큼 당신을 기다릴 수 있을 겁니다. 그런 어느 날 한적한 기차에서 넋 놓고 창밖을 바라보는 나의 정적을 불쑥 당신이 깨주면 좋겠습니다. 그럼 나는 예상보다 이르고 기대보다 반갑게 당신을 맞이할 겁니다.

급작스레 발견한 행운이 늘 행복의 곁에 있듯 나의 행복 속에 있는 당신을 따듯하게 맞이할까 합니다. 커피가 식어갑니다. 당신의 곁에 늘 나라는 행운이 있기를 기대해 봅니다.

감정기억 *

그녀는 늘 같은 향을 가졌다. 출처를 찾기 어려운 향은 섬유유연제나 향수 같은 게 아닐 것 같았다. 아마 그건 그녀 고유의 향이지 않을까 하고 생각했다.

나는 향기에 기억이 있다는 말을 믿는다. 길을 걷다가 문득 스치는 향에 발현되는 기억들, 그런 것들은 모두 우연이라기보다 향기에서 시작된 기억이었다. 내 오랜 기억 속 자리 잡은 수많은 향기를 보며 나는 그런 기억을 감정기억이라는 말로 다시 정의하곤 했다. 다행스러운 것은 향에 대한 대부분의 기억은 불편한 냄새라기보다는 설레는 느낌에 가깝다는 것이다.

● 2023년 목소리에서 출간된《그 책의 더운 표지가 좋았다》에 실렸던 글입니다. 수록곡 〈진열대〉의 테마가 되어 다시 담아보았습니다.

기억에 감정이 실리면 우연히 듣게 된 노래 한 곡으로도 그날의 그를 만날 수 있고 스쳐 가는 향기에도 이제는 존재하지 않는 것들까지 생생하게 만져볼 수 있다.

카페에 앉아 글을 쓰고 있다. 불현듯 익숙한 향이 나를 스친다. 그리운 그녀의 향이다. 진열대 앞에 서서 물품을 살피는 그녀의 뒷모습을 본다. 아득한 당신이 내 앞에서 살아 움직인다. 반갑고 떨리는 마음에 다가가 천천히 끌어안아 본다. 사라진다. 역시나 아무것도 없다.

젖은 체육복

공 하나에도 행복할 수 있던 그때가 그리워지는 꿈에서 깨어났다. 나는 그런 아이였지. 점심을 먹고 나면 운동장에 뛰어나가 공을 차고 쉬는 시간에는 실내화로 축구를 하다가 석식을 먹고서는 저녁 경기를 뛰고 야자가 끝난 아홉 시 또 두 시간. 공만 보면 그렇게 뛰어다니는 아이였지.

둥근 것만 보면 발에 가져다 대고 보던 강아지 같은 시절 끝없이 굴러가는 공처럼 늘 뛰어다니다 젖은 체육복을 입고 잠들었다 깨기를 반복하던 시절, 하루 내내 공을 찼더니 하루가 마치 꿈같다며 결국 그 꿈에서 깨어난 어느 오후, 작은 것 하나에도 나뭇잎처럼 웃던 아이들이 우후죽순 대나무처럼 흔들리던 축축한 교실에서.

환지통

04 — 〈단 하루라도〉의 테마글

잊고 있던 하루가 불현듯 살아났다
바람 한번 불었을 뿐인데

욱신거린다
환지통처럼

롱코트

우리는 자주 멋있는 사람이고자 했다. 초등학교 시절 나의 친구들은 코트를 입고 학교에 온 아버지를 졸졸 따라다녔다. "너희 아버지 형사이셔?" 하고 부러움을 한 몸에 받던 나는 나도 언젠가 어른이 되면 꼭 코트를 입어야겠다고 생각했다. 멋있는 사람이 될 수 있다면 코트라도 따라 입어 한 번쯤 그렇게 되어보고 싶었다. 그런 아버지는 멋진 사람이었을까.

어린 시절의 기억에는 코트를 입은 사람들이 늘 멋있어 보였다. 별 볼 일 없어 보이는 사람도 괜스레 대단해 보이게 만들어주는 코트를 언젠가부터 나도 사들이기 시작했다. 멋있는 사람에 대한 견해로부터 나는 오랜 영향을 받았다. 사람이 그래도 멋이 있어야지, 라는 말씀은 아버지나 어머니로부터 시작됐고 가치 있게 살아가는 것에 한평생을 건 부모님의 삶은 내게 멋있는 사람이 되는 거름처럼 작용하기도 했다.

엄하지만 사랑이 많던 아버지는 목회를 했다. 세상을 살아가는 여러 가지 방식 중 참된 인간으로 바람직한 삶을 살아가는 방식을 몸소 실천하는 분이었다. 세상은 물도 김치도 없는 고구마처럼 목을 막히게 했지만, 우리 가족은 더없이 이타적이어도 괜찮은 사람들처럼 나누고 베풀며 살아갔다. 나는 그런 아버지와 어머니의 강한 의지와 굳건한 터에 감자처럼 자랐다.

시골 생활도 모두 끝이 나고 도심지에 살며 하루하루 한 해 두 해 흐르다 보니 어느덧 나도 그때의 부모님처럼 자라났다. 이제는 나도 어엿한 사회의 한 구성원이 되어 살아가고 있다. 내가 보고 자라난 삶이 얼마나 혹독했는지 수많은 사람의 견해와 이야기 덕분에 이제는 알고 있다. 수단은 뒤로 해도 먹고살 수 있으면 그게 무엇이든 가족도 가정도 지켜야 유지될 수 있고 좋으나 싫으나 많이 벌지 못하면 사회의 가장자리로 밀려날 수밖에 없는 삶의 외연을 이제는 알고 있다. 현실적인 삶을 논하는 사람들의 수가 늘어나면 그때마다 참 멋진 아버지가 다시금 떠오른다.

사람들은 가끔 내게 멋있다고 했다. 너는 참 멋있어 하고 말했다. 한평생 내가 듣고 싶었던 말. 그래, 내가 보고 자라온 삶이 멋있는데 어떻게 내가 멋지지 않을 수가 있겠어. 그렇게 생각하려 해도 멋있는 삶은 책임이 크다. 긴 코트에 가려져 있던 아버지라는 이름의 무게, 하루하루 벅차던 그 시절 아버지의 퇴근처럼 나를 닮은 아이가 달려와 내 품에 와락 쏟아지면 좋겠다.

인생 뽑기

작은 문방구 뽑기 기계 앞 아이들이 서있다. 동전을 넣어 손잡이를 돌리면 아래로 둥근 플라스틱이 툭 하고 떨어지는 기계 앞에 아이들이 있다. 둥근 플라스틱 내부를 메운 설명서와 포장지 탓에 그들은 그들이 무엇을 뽑았는지 바로 알지 못했지만, 입을 연 악어새처럼 이곳저곳 샅샅이 뒤져 이내 기쁨이나 아쉬움 같은 것들을 찾아내곤 했다.

뽑기는 인생과 닮았다. 무엇을 선택하든 우리의 마음대로 나오지 않는다는 사실과 어떤 것도 확신할 수 없다는 사실, 마지막으로 실패라는 공을 모두 뽑으면 결국 성공이라는 공만 남을 거라는 사실까지 닮았다.

미안하다 솔로, 내 집에 갔는데 집에 온통 압류 스티

커가 붙어있더라

형, 나 공무원 준비해 몸이 아파서 병원을 갈랬는데
통장에 돈이 하나도 없더라고

몬아, 그때 나는 오빠 네가 내 아빠라고 생각했어

300만 원만 주면 공연을 올려준다더라고 근데 그게
사기더라고

어머니가 아프셨는데 그때 몰라 나는 내가 뭐 하고
있는지 하나도 모르겠더라 그냥 그만하려고

뽑기는 인생과 닮았다.

무엇을 선택하든

우리의 마음대로

나오지 않는다는 사실과

어떤 것도 확신할 수 없다는 사실,

마지막으로 실패라는

공을 모두 뽑으면

결국 성공이라는 공만 남을 거라는

사실까지 닮았다.

촌스러운 아침

시래기를 푹 삶아 물을 짜내고 된장을 한 숟가락 퍼
서 다진 마늘 한 숟가락과 함께 비빈다. 시래기에 간
이 배면 물을 넣고 된장을 한 숟갈 더 풀고 조선간장
으로 간을 맞춘다. 잎이 연해질 즈음 고추장을 입맛
에 맞게 넣어 비벼 먹으면 된다. 시래깃국은 그렇게
먹을 때가 가장 맛있다.

이른 아침 눈도 뜰 수 없이 멍한 상태로 허리를 일으
켜 반쯤 걸쳐 앉으면 어머니는 내 입에 시래깃국을
밀어 넣었다. 고추장을 넣은 시래깃국에 밥을 비벼
먹으면 아침이 지나치게 구수해졌다. 아침으로 시래
기 된장을 먹으면 온종일 입가에 된장 냄새가 사라
지지 않았다. 맛을 떠나 구수하게 시작하는 촌스러
운 아침이 입가에 남아 하루 종일 촌티를 벗지 못하
는 기분이 들었다. 어떤 날은 밥에 달걀을 얹어 케첩

과 함께 비벼 주기도 했지만, 대부분의 아침은 구수하게 시작됐다.

"나는 이렇게 소박한 음식이 좋더라. 먹어도 속 불편한 거 하나 없고 소화도 잘되는 이런 게 좋더라" 어머니는 자주 그렇게 말했다. 그런 어머니의 시래깃국이 문득 먹고 싶어졌다. 혼자 어머니의 순서를 되짚어가며 국을 끓였다. 내가 기억하지 않으면 아마 영원히 사라져 버리게 될 어머니의 손맛을 상상하며 국을 끓였다.

고향을 들르게 된 어느 날 집에는 시래깃국이 있었다. 저녁으로 무엇을 먹으면 좋을까 하다가 피자를 한 판 시켰다. 곁에 시래깃국도 올려두었다. 피자와 시래깃국을 식탁에 올려두고 누나와 나는 연거푸 시래깃국만 먹고 있다.

사료도
신발 한 짝도 없이
불타는
우리를 바라보는
개돼지나 가축 따위*

무등산에는 슬픈 이야기가 있다. 살기 위해서 움집
을 지어 살다 철거반원을 살해한 혐의로 사형이 언
도된 한 청년의 이야기가 있다. 찢어지게 가난한 집
안 살림에 아버지를 일찍이 여의고 홀어머니와 동생
들을 데리고 무등산 산자락에 움집을 지어 살아갔
다. 그의 두뇌는 비상했다. 중학교를 수석으로 입학
했지만, 가난한 형편 탓에 국민학교를 마친 채 열쇠

● 1977년 광주 무허가 판자촌 철거 반대 중, 철거반원 네 명을 살해한 사형
  수 '무등산 타잔' 박흥숙에 대한 기사를 바탕으로 쓴 글입니다.

수리공으로 일을 하며 힘겨운 삶을 살아가던 그는 주경야독을 통해 검정고시를 마치고 가난을 끝낼 수 있는 유일한 방법을 찾아 사법시험을 준비했다고 한다. 비극적인 그 이름 박흥숙, 셋방 하나 얻을 돈이 없어 가족들을 데리고 움집을 지어 살 수밖에 없던 그는 이름조차 불법적인 무허가 판자촌에 기거했다. 도립공원으로 지정된 무등산에서 받은 하산 통보에 퇴거를 차일피일 미루다 끝내 허물어지는 움막집을 보며 속상해하는 어머니를 달래고 그들도 시키는 일을 해야 할 뿐이라며 철거반원을 동정하기도 한 그는 불타는 자신의 움막집을 보면서도 말을 아끼던 사내였다. 그의 움막집으로부터 수백 여 미터 떨어진 곳에 한 노부부가 살았다. 그는 철거반장에게 저 집에는 병에 걸린 노부부가 있으니 선처해 달라며 간곡히 부탁했다고 한다. 하지만 얼마 지나지 않아 그 집마저 불타는 것을 발견한 그는 분개해 그 연유를 따져 묻다 어린놈이 지랄한다는 철거반장의 말을 끝으로 결국 네 명의 일용직 철거반원을 죽음으로 몰아가 버렸다고 한다.

하루 벌어 하루를 연명하는 노동자와 그들을 죽이
오늘만 사는 사람의 비극적인 마지막을 담은 무등산
의 이야기다. 경제는 발전하고 도시는 화려해지지만
도무지 펼 수 없는 어깨 탓에 발버둥 치던 인생 끝내
사형으로 생을 마감할 수밖에 없던 찬란한 시대의
참상을 본다.

출중한 실력과 큰 기개를 갖추고도 결코 넘어갈 수
없는 현실의 벽, 벗어날 수 없는 자본의 덫, 움집과
돌무더기로 만들어진 가난의 밭에서 연명하듯 기거
하는 처절한 가장자리의 끝, 불타오르는 움막집에서
조차 끝내 넘어갈 수 없던 빈곤의 울타리, 결국 길가
에 버려져 있는 존엄 덩어리, 사료도 신발 한 짝도
없이 불타는 우리를 바라보는 개돼지나 가축 따위
고작 그따위 인생.

상이 반대로 보일 수 있음

나의 하루는 반대로 저물어 갔지. 나는 왼쪽으로 고개를 돌리고 오른쪽 모서리로 사라진 너는 도무지 나타날 기미조차 보이지 않았어. 벤치에 앉아 모서리만 하릴없이 들여다봤지. 잠깐 멈추고 돌아보지 않을까 해서.

강이 길어서 강을 따라 걸으면 언제까지나 함께 있을 것만 같다는 생각을 했어. 너는 도무지 웃지를 않고 이상하리만치 차분한 하루는 물에 잠긴 듯 미동도 없었으니까. 괜찮을 것만 같았어. 오른쪽으로 다리를 꼰 너를 보다가 왼쪽으로 꼬아진 내 다리를 번갈아 들여다봤지. 다리를 같은 방향으로 꼬면 같은 생각을 하는 것이라는 말을 생각하면서 말이야. 그말을 의심한 건 아니야 그냥 거울에 비친 사람처럼 차라리 거울이었으면 좋겠다고 생각하면서. 그런 건

다 일종의 가능성이잖아. 고개를 돌리고 몸을 반대
로 돌리면 자연스레 바뀌는 다리처럼 마음도 바뀌기
를 바랐지.

이별은 짧아야 한다는 말을 생각하면서 한 발짝도 떼
지 못한 채 밤이 될 때까지 걸었어. 마지막을 기억한
다는 건 도무지 익숙해지지 않는 일이니까. 더 힘이
들어가지 않는 때까지 걷다 보면 지쳐서 자고 싶다는
생각을 제외하고는 아무런 생각도 나지 않을 테니까.
눈물을 닦으면서 지하철로 들어가던 너와 나를 멈춰
버리는 그 향기가 더 기억나지 않을 테니까.

나는 그렇게 저물어 갔어. 되돌리기 힘든 걸음을 돌
리며 둔중한 마음을 옮겼지. 떠나는 시간이 힘든 까
닭은 나를 찾아온 네 마음의 무게까지 챙겨 들고 떠
나야 해서인 거잖아. 대신 짊어진 군장 하나처럼 고
작 그 마음 하나에 걸음걸음이 모두 고역이 되겠지.

결국 우리 그 마음처럼 됐네. 화창한 어느 날 카페
에 앉아 네 마지막 모습을 떠올려봐. 반대로 꼬여있
던 네 다리처럼 거울에 비친 내 다리를 바라보면서.

이별은 짧아야 한다는 말을

생각하면서 한 발짝도

떼지 못한 채 밤이 될 때까지

걸었어.

마지막을 기억한다는 건

도무지 익숙해지지 않는

일이니까.

가을이 오면

가을이 오면 참 슬퍼

낙엽처럼 그렇게 모두 나를 떠날 것 같아서

꿈에

05 — 〈꿈에〉의 테마글

로몬, 나 진짜 4년 기다렸어

소복이

━━━

눈이 내려앉은

━━━━━━

탄광에

━━━

출발

달리다 보니까 한 시간이 지나고 두 시간이 지나도록 달리니까 걷는 게 그렇게 달콤할 수가 없어. 그래, 그렇게 뛰어본 적이 없다면 절대 모를 일이긴 하지. 한 번은 동대구에 내려서 집까지 걸어온 적이 있는데, 많은 짐을 들고 불편한 구두로 두 시간 넘게 걷다 보니까 앉을 수 있다는 게 그렇게 행복하더라고. 지난달은 신열이 초순부터 돌더니 결국 서너 일을 누워있었어. 하루는 견딜만하더니 이틀이 지나는 즈음부터는 허리가 아파서 수차례를 돌아누워 하루를 더 견뎠네. 참 웃기지. 달리니까 걷고 싶고 걷다 보니 앉고 싶고 자다 보니 일어나고 싶더라니까. 우리는 그렇게 하나만 끊임없이 하며 살 수 없는 존재인가 봐. 불편은 끝이 없고 마실수록 목이 말라오는 바닷물처럼 욕심은 언제나 허기를 먹고 자라나니까.

그러니까 말이야 너무 욕심부리지 말고 겸손하게 네
길을 가. 발목을 다치면 달리기가 힘들고 다리를 다
치면 걷기가 어려워지고 허리를 다치면 앉는 것조차
힘들어져 그러니까 불평 그만하고 자, 출발.

그러니까 말이야

너무 욕심부리지 말고

겸손하게 네 길을 가.

발목을 다치면 달리기가 힘들고

다리를 다치면 걷기가 어려워지고

허리를 다치면

앉는 것조차 힘들어져

그러니까 불평 그만하고

자, 출발.

장바구니에 담으세요

죄송한데요 제가 여기를 가야 하는데 버스 내리면
보일 거라고 해서요 버스에서 내렸는데 도무지 어
딘지 잘 모르겠네요 어디쯤인지 혹시 아세요?

불과 하루 전 내게 길을 물어보는 사람이 있었다. 지
도를 확인하고 설명해 주려는데, 생각보다 길이 복
잡했다. 대로변으로 대략적인 길을 알려드리고 걸음
을 돌렸다. 하지만 분명 길을 찾지 못할 것 같았다.
시간이 있었으니까 같이 가드렸으면 어땠을까 하는
후회가 들었다. 어눌한 말투와 자신감 없던 표정이
아른거렸다. 비슷한 상황이 일어난다면 한 번쯤 꼭
같이 가줘야겠다는 생각을 했다. 그리고 다음 날 같
은 곳에서 다른 사람이 또 내게 길을 물어왔다.

길 건너서 골목 쪽인데, 초행길이시니까 제가 같이 가드릴게요 아네요, 저도 운동 중이라서 괜찮아요

연신 반복되는 감사와 인사를 받는다. 이보다 더 좋은 선물이 있을까. 좋은 것을 주려 해도 무엇이 필요한지 좀처럼 모르겠는 이 복잡한 세상에서 이보다 더 적확한 선물이 있을까. 그보다 더 귀한 당신에게 과연 나는 무엇을 건네줄 수 있을까.

솔로몬 놀자

휴대전화가 보급되지 않았던 나의 어린 시절에는 수많은 안부가 자주 창이나 담을 통해 넘나들었다. "솔로몬 놀자"라고 소리를 지르거나 수화기를 들어 몇 번이고 숫자 다이얼을 돌려 번호를 맞추면 신호음이 시작되고 그러다 간혹 부모님이 전화를 받는 날이면 "'안녕하세요, 저는 솔로몬 친구 누구인데요'를 먼저 이야기해야지" 하던 때가 있었다.

나는 도회지로부터 멀리 떨어진 한적한 시골에 살았다. 집이 멀어 해가 지기 전까지 돌아와야 했고 만날 사람을 끝내 만나지 못하고 돌아가야만 하는 일들을 가끔 겪기도 했다. 딱지나 팽이, 올챙이나 도롱뇽알을 수집하는 일밖에 할 게 없는 시골살이 그 산길을 뛰며 허허로이 보낸 기억은 오랜 추억으로 내게 남아있다.

빠르게 변해간 시대의 발전에는 양면이 있다. 기다려야만 하는 마음이 있었고 전할 수 없던 고통의 시간이 있다. 이제는 훨씬 짧아져 버린 이별의 안녕과 언제라도 상대의 목소리를 들을 수 있는 시대를 우리는 살아간다. 얼굴을 보지 않으면 좀처럼 알 수 없는 상대의 생사에서 SNS 하나에 모조리 알 수 있게 된 시대. 이제는 아침이면 머리맡으로 수많은 이야기가 허락도 없이 배송되어 있다.

그 시절로부터 벌써 이십 년 가까운 시간이 지났다. 휴대전화도 보급되지 않은 시절 지도만 하나 손에 쥐고 이리저리 돌려가며 외곽도로를 달리면 "아니, 왜 자꾸 몸을 돌려 그냥 지도를 돌리면 되지" 하는 이야기가 들려오던 기억도 지나버렸고 물어물어 예상한 시간보다 한참 더 지나야 도착할 수 있었던 거창 수승대의 기억도 모두 다 지나버렸다.

예기치 못한 담장 너머의 부름이나 꾹꾹 눌러쓴 진심, 방송이 모두 끝난 새벽 동그란 원에 형형색색 직사각형의 화면 조정 시간 텔레비전도 이제는 모두 돌이켜볼 일 없을 오랜 시절이 됐다.

나 혼자 바보처럼 책상에 앉아 주마등처럼 스치는
세월의 사진첩을 넘기고 있다.

악어가 나올 수 있음

남아프리카공화국에서 온 친애하는 형님이 있다. 고국에서는 법을 전공하고 기자로 활동하다 불현듯 한국으로 넘어온 그는 이곳에서 아이들에게 영어를 가르친다. 몇 해를 먼저 살아온 그는 언제나 밝다. 근심이 많은 내게 언제나 순리대로 마음을 편하게 가지라는 말을 했다. 우리는 만날 때마다 삶의 이유에 대해 이야기하길 좋아했다. 태어나보니 생존을 배워야 했고 살아가다 보니 나쁜 일보다 선한 일을 좋아했으며 알아갈수록 괴로움이 더해지는 현실에 대한 대안을 함께 나누기를 즐겼다.

대화는 언제나 비슷하게 흘러갔다. 힘들고 괴로운 지난날을 이야기하기보다 살아갈 날의 막연함에 대해 이야기할 때가 많았다. 대체로 비슷비슷한 우리네 인생사는 단순한 감정마저도 우리를 자주 유치하게 만들었다. 조금만 지나면 괜찮아질 일에 참아내지 못했던 간결한 인내와 성급한 감정에 치우쳐 저지른 섣부른 행동, 미안하다는 말 한마디면 될 일을 몇 년의 시간 동안 묵힌다거나 가끔 끝내 말하지 못하고 영영 상대를 떠나보내는 일들도 있었다.

나는 그렇게 일 년에 한두 번씩 형님을 만나러 갔다. 언제 만나도 어제 만난 것처럼 밝은 그를 보면 한편 나 같은 사람을 만난 것처럼 안심이 됐다. 대화가 길어질수록 우리는 깊은 한숨을 뱉었다. 한심한 생이나 심심한 일상에 대한 무료함에서 비롯된 것이 아니라 끝없는 오지처럼 느껴지는 인생, 매일 개척해도 여전히 아득한 밀림 같은 나날들로 지친 기분을 나누는 우리의 대화 끝에 잠깐의 휴식처럼 튀어나온 한숨이라는 것을 우리는 안다.

스물아홉이 됐다. 시간은 돌아오지 않는다. 지나간 일은 그 나름대로 의미가 있다. 이십 대의 끝에서 다음 계단을 본다. 나는 잘 살아왔을까. 고국에서도 타국에서도 막연하기만 한 인생을 안주 삼아 우리는 그렇게 맥주를 나눠 마시고 있다.

의지만으로

다리를 다쳤다. 정확하게 말하자면 발바닥의 바깥쪽
에서 뒤꿈치로 이어지는 부분을 다쳤다. 지난밤 지
나치게 달린 탓이다. 발목이 접질렸다거나 넘어지지
는 않았지만, 무작정 달리다 다쳤다. 쉬지 않고 천천
히 마냥 달리는 것만으로도 다칠 수 있었다.

어느 겨울 삼한사온이 머무르다 다시 한기가 강해지
던 늦은 밤 집을 나섰다. 아주 오래 마냥 달려보고
싶었다. 대구 신천을 따라 중동교에서 시작해 세 시
간이 넘는 시간을 냅다 달렸다. 흐르는 강물을 느끼
며 물살처럼 달려가면 내가 시냇물이 된 것처럼 자
유롭게 느껴졌다. 멈추지 않고 달리던 나의 여정은
참을 수 없이 강한 통증을 끝으로 막을 내렸다.

절뚝이는 다리를 끌고 택시에 올라 집에 도착하니
차갑게 얼어붙은 몸과 후끈거리는 다리, 숨 쉴 때마

다 밀려오는 복부 통증 욱신거리는 발톱까지 온몸이 만신창이가 되어있었다. 간신히 씻고 침대에 쓰러지듯 누워 잠들었다.

다음 날 늦은 오후쯤 깨어 지난밤을 돌아봤다. 의지만으로 할 수 없었던 일을 하다 결국 실패했다. 의지만으로도 해낼 수 있을 것 같던 마음은 몸의 실제 상태를 냉정하게 바라보지 못했다. 그것을 배우게 된 시간이다. 어쩌면 최후의 러닝이 됐을지도 모를 멍청한 지난밤을 생각하며 바보처럼 침대에 앉아 있다.

최후의 장수

노래를 가르치다가 그만두게 되었다. 물론 내가 그만하고 싶다는 생각에서 그만둔 것은 아니다. 상황이 복잡해져 그럴 수밖에 없었다. 지난 여섯 달간 노래를 가르쳤다. 시를 쓰게 된 후로부터 학교 선생님도 아닌 내가 이따금 선생님 소리를 들었다. 선생님이라고 하면 더 큰 책임을 느끼게 되니 이것이야말로 자리가 사람을 만들어가는 경험이라 생각했다. 그렇게 열정을 담아 노래를 가르치기 시작했다. 매주 목요일마다 나는 노래를 가르쳐주기 위해 한 시간 반 이상의 먼 길을 떠났다.

노래는 그렇게 내게서 시작됐다. 더 위로받을 수 없는 지점에서 바람처럼 다가왔다. 숨에 음가를 넣으면 자연의 일부가 되어 자연과 같은 리듬으로 머물 수 있었다. 그 후 매일 같이 수년간 노래 연습을 했다. 가수가 될 수 있으면 어떨까 나는 무대에서 사람들에게 주목받는 일을 재미있게 느끼니까 아마 위대한 가수가 될 수 있지 않을까 하는 생각이 자연히 따라 들기 시작한 것도 그맘때였다.

음악은 한여름 습하지 않은 8월의 어느 나무 그늘 같다. 볕이 강하게 내리쬐면 그늘을 제외하곤 어디에도 갈 수가 없듯 차오르는 숨을 내쉬며 천천히 그늘로 들어서면 가벼운 취기처럼 편안하게 시원한 바람이 나를 현실로부터 자유롭게 만들었다. 그렇게 나는 음악과 함께 살았다. 음악이 데려간 그곳에 누워 달빛에 밝아진 밤하늘을 올려다봤다. 잎과 잎이 겹치는 틈 사이로 별빛이 떨어지면 내 귀에 들리는 음악 소리가 별들의 노래처럼 느껴졌다.

성인이 된 해 가수가 되기 위해 무작정 대구를 떠나 서울을 향했다. 비록 두 해를 넘기지 못하고 고향으로 돌아간 첫 도전이 되었지만, 내가 살아있다는 것을 느끼게 하는 꿈 이상의 경험으로 남았다. 고향으로 돌아가는 순간조차 막연한 패배감보다 아직은 도래하지 않았을 나의 운을 생각했다. 무언가를 잊고 지낸다고 해서 그게 어디 사라질까. 버리지 못한 낡은 책상 서랍 일기장 같은 거겠지 미뤄두었거나 묻어두었거나 오직 그뿐이다. 그렇게 여섯 해가 더 지나고 나는 다시 서울로 걸음을 옮겼다.

스물여덟, 다시 돌아온 이곳은 이미 많은 것들이 달라져 있었다. 일찌감치 포기한 친구들과 근근이 산소호흡기 같은 일로 연명해 내는 사람들 또 이유 모를 적개심과 반항심으로 죽일 테면 죽여보라는 최후의 변방 장수 같은 이들만 눈을 부라리며 남아있다. 밤의 대부분은 비참하고 통탄스럽다.

노래를 가르치다가 그만두게 되었다. 자의는 아니지만, 타의라서 차라리 다행이다. 마지막 칼을 받아 그 끝에서 장렬히 전사하게 될지라도 괜찮다. 첫 바람처럼 더는 위로받을 수 없는 지점에서 불현듯 시원한 바람이 불어올 것이다. 그럼 그렇게 끝을 맞이하면 될 일이다. 오직 그뿐이다.

어김없는 말

가치도 결국 돈이 안 되면 무슨 의미가 있니

물 밖의 고기

뭍에 떨어져 팔딱이는 물고기의 삶이라면 물에 빠져 허우적거리는 우리의 삶과 별반 다르지 않을 것이다. 팔딱이는 꼬리와 땅에 부딪히는 머리가 누가 먼저랄 것도 없이 땅을 후려치면 수면 위로 떠오르다 내려가는 머리와 팔처럼 우리는 그렇게 마지막을 맞이하게 될지도 모를 일이다. 그렇게 살아남아 보겠다는 발버둥을 도마 위 팔딱이는 물고기 다루듯 무거운 말로 잘라버렸을지도 모를 일이다.

 만약 내가 뭍에 떨어져 팔딱거리는 물고기라면 물에 빠져 허우적거리는 이들의 사투를 가볍게 말할 수 있을까. 비참한 지느러미와 가난한 꼬리를 비난할 수 있을까. 의지할 곳 없는 고작 그 한 몸의 본능, 발버둥 치는 그 처절한 최후의 고통을.

선생이 없으면

선생이 없으면 누구를 따라 살까. 사막이 바다가 되고 다시 사막이 되면 나는 어디에 머리를 두어야 할까. 어디에 붉은 손수건을 걸어야 할까. 없다. 사람도 선생도.

선생이 없으면

누구를 따라 살아야 할까

사막이 바다가 되고

다시 사막이 되면

나는 어디에

머리를 두어야 할까.

어디에 붉은 손수건을

걸어야 할까

없다. 사람도 선생도.

체르노빌

체르노빌 원자력 발전소가 폭발한 이래로 서른 해가
더 지났다. 그곳에는 더는 아무도 살지 않는 마을이
생겼고 아무도 들여다보지 않는 건물들이 남았다.
초분처럼 한세월을 자연으로 돌려보내고 있다.

그곳도 한때는 사람이 오가고 말소리가 오가고 다정
한 이야기가 오갔을 것이다. 원자력이나 발전소보다
나의 고향이거나 우리 동네였을 테다. 마을을 떠나
큰 도시로 나가야지 큰 꿈을 품고 떠난 젊은이들이
있었을 테고 나중에는 고향으로 돌아가 큰 집을 짓
고 노년을 보내는 꿈을 가진 이도 있었을 것이다. 하
지만 그곳은 이제 무리 지어 다니는 개들만 있다. 사
람이 떠나 아무도 남지 않은 동네를 들짐승만 지키
고 있다.

사람들로 북적이던 마을이 고요해지면 마음도 덩달

아 고요해신다. 아침 찬비람에 가깝게 다가온 계절을 느끼듯 덮을 수 없는 마음 한편이 시려온다. 마치 과거의 존재를 부정하는 듯 모두 없었던 사실처럼 느껴진다. 그렇게 온기가 모두 떠나간 마을은 비바람에 천천히 사라져간다.

폐허처럼 풍장을 맞이하는 낡은 시장을 지나며 허허로이 앉아 있는 어르신을 본다. 멍하니 미동도 없는 빨간 벽돌을 하염없이 보고 있다.

미안하다 동생

가까운 동생이 공무원을 준비하겠다고 했다. 의류 사업을 통해 자신만의 브랜드를 만들어 종합예술을 하고 싶다던 동생이 이제 공무원 준비를 한다고 했다. 병원을 가려는데 병원비가 없어서 이제는 살기 위해 돌아가야겠다며 전화가 왔다. 여전히 철없는 도박 같은 인생을 사는 나는 아무런 말도 할 수가 없어서 태연히 대답했다. 차라리 이제는 마음이 편하다는 그의 얘기가 날카롭게 가슴에 박혔다.

이 삶은 석탄 같은 것일까. 닦아내도 여전히 거무튀튀한 그 무엇도 사라지지 않아 거울로는 좀처럼 떳떳한 민낯을 볼 수 없는 석탄 같은 것일까. 하나씩 떠나 홀로 남게 된 이곳은 더 의지할 곳도 의견을 나눌 곳도 없다. 언제까지 버텨낼까. 미안하다. 동생.

출렁다리

출렁다리를 다녀왔다. 빨간 다리가 호수 한가운데를 가로질렀다. 출렁다리라고 했다. 바람이 제법 부는 날씨여서 다리가 얼마나 흔들리는지가 궁금해졌다. 다리에 올라 중심부를 향했다. 생각보다 다리의 흔들림은 심하지 않았다. 출렁출렁 흔들려서 이름도 출렁다리라지만 다리에 오르고 나니 생각처럼 흔들리지 않았다. 출렁다리면 당연히 흔들려야지 하고 생각하다가 아, 그렇게 흔들리면 위험하니까 이게 온당하다고 했다. 당연한 것들도 이따금 천천히 변해갔다. 직접 경험해보지 않으면 모르는 게 당연하다지만, 짐작도 할 수 없는 일일수록 소문만 무성하게 커져갔다. 아무런 실체도 없다.

힘든 날들에도 서로 의지하며 버텨가던 주변 친구들이 하나둘씩 꿈을 포기하기 시작했다. 이 길은 원래

홀로 가는 길이라지만, 통행이 금지된 저녁 시간 외
롭게 흔들리는 출렁다리처럼 부산히 쓸쓸하다. 그것
을 진즉 알았더라면 나는 이 다리에 올랐을까.

열었다가 닫곤 했지

내가 서울에 친구가 거의 없잖아 친구랑 저녁을 먹기로 했어 약속 시간이 열 시였나 갑자기 일이 좀 생겨서 다음에 먹자고 하네 어떻게 하겠어 배달이라도 시켜야지 배달 앱을 켜서 이것저것 둘러보는데 좀처럼 먹고 싶은 게 없네 엄마가 해주는 집밥이 먹고 싶은데 혼자 사니까 난들 어쩌겠어 그래서 오랜만에 저녁을 같이 먹자고 했었지 겨우 집밥처럼 다정한 식당을 찾아 주문을 하고 카페를 벗어났어 가는 길이 배달 시간을 줄여줄 것 같았거든 한데 이걸 어쩌지 재료가 없어서 배달이 취소가 되어버렸네 나는 그냥 따듯한 집밥이 먹고 싶을 뿐이었는데 말이야 어떻게 하지 장을 좀 보고 저녁을 만들어 먹을까 다른 가게로 주문을 할까 고민하다가 편의점에 가서 삼각김밥 하나를 샀어 1400원이었나 130kcal짜리 하나 전자레인지에 넣어두고 시간도 덜 됐는데 전자레인지 문을 열었다가 닫곤 했지 이제 다 데워졌나 포장을 벗기는데 이런, 포장을 잘못 벗겨서 김과 밥이 떨어져버렸지 뭐야 나는 그냥 따듯한 밥이 먹고 싶었을 뿐인데 말이야 찬바람을 맞으며 유난히 얇았던 옷가지를 부여잡고 김밥을 먹으면서 집에 돌아가고 있는데 하필 너무 추운 거 있지 쓸쓸한 저녁도 고요한 독백도 다 괜찮거든 그런데 하필 너무 추워서 눈물이 나더라 나는 그냥 따듯한 밥을 먹고 싶을 뿐이었거든 마트를 들러 장을 보고 가려다 침을 한 번 삼키고 걸음을 돌렸어 살다보면 있잖아 그렇게 쓸쓸한 날도 있고 고독한 날도 있는 거지 편의점 김밥도 잘 뜯어지지 않고 두 명은 있어야 갈 수 있는 식당에서 실속 없는 이야기에 소주 한 잔도 허락되지 않는 날 그래 이거나 시켜야겠다며 한참을 찾다 발견한 식당에 주문을 넣어도 받을 수 없고 고갤 떨구고 돌아갈 뿐인 날 있잖아 그렇게 적막한 문만 열었다 닫을 일뿐인 그런 날도 있는 거겠지 다만 오늘은 따듯한 밥이 먹고 싶었어 식당에 들어가 멋쩍은 너스레를 떨

며 일상처럼 익숙한 음식을 시키고 싶었어 근데 하
필 그게 너무 추운 오늘인 거 있지

야밤의 토끼

세간의 소식이 하나같이 뜨겁고 무차별적으로 달다.
이름이 적혀있지 않은 가면을 쓰면 당신은 비난받기
쉽고 실체보다 단단하게 망치보다 아프게 당신은 비
난받을 수 있다. 비난은 실체보다 기분을 따라 시작
되고 기분이 풀릴 때까지 이어진다. 마땅해 보이는
명분만 있다면 삶도 죽음이 되고 실체가 죽어도 오
만이 사라지지 않는다.

지하철이 지나면 긴 터널에 남는 뜨거운 바람처럼
익명의 당신은 그림자처럼 움직인다. 오르고 내리는
수많은 이의 뒷모습을 따라다닌다. 화를 삭이는 표
정과 느리게 퍼져가는 미소의 미묘한 차이처럼 적의
와 호의가 촌각을 다툰다. 감성적인 듯 보이나 감정
에 치우쳐 있는 상태를 명분으로 합리화한다.

감정과 이성이 판단과 구분을 넘어 본능을 따라다닌

다. 먹어야 할 깃과 먹지 말아아 할 것을 구분하지 못하는 사람들이 지성인 행색을 하고 감정이 필요한 순간의 이성과 이성이 필요한 때에 지나친 감정을 대안처럼 내어놓는다. 결국 본받을 일 하나 없다. 솜보다 가볍고 매운 음식만큼 중독된 채 살아있다.

그런 세상에 산다. 다수가 선호하지 않는 일을 하며 다수만 살아남는 세상에 있다. 나아질 기미가 보이지 않는다. 어쩌면 나아질 수 없는 삶을 살고 있다. 옅은 잠에서 깨어 빨간 눈의 토끼처럼 새까만 방만 노려보고 있다.

나아질 기미가 보이지 않는다.

어쩌면

나아질 수 없는 삶을 살고 왔다.

짧은 잠에서 깨어

빨간 눈의 토끼처럼

새까만 밤을 노려보고 있다.

눈사람

눈사람을 만들었다. 눈도 뭉쳐두면 사람이 되고 친구가 되고 낭만이 되기도 했다. 서너 일이면 사라져 희망적으로 허무해지는 밤, 순식간에 녹아내린 눈사람처럼 깊은 어느 겨울 저녁 지독한 화천에서.

군대를 전역한 지 어느덧 여섯 해가 지났다. 화천에 있던 나의 부대는 11월부터 5월 어린이날까지 눈이 내리는 부대였다. 한평생을 남부 지방에서 살아온 내게 눈은 쉽게 만날 수 있는 것이 아니었다. 겨울이 깊어 가는 즈음 중부지방의 폭설 소식을 간간이 접할 뿐이었다. 눈은 고로 지방에 사는 사람들의 낭만이기도 했다.

가깝게 지내는 형들도 모두 군대로 가버렸다. 그러다 잘못 맞춰둔 알람처럼 휴가를 나왔다. 그들의 부용담은 온통 알 수 없는 자부심과 자신감이 가득했지만, 비슷하게 대부분 눈을 이제는 싫어하게 됐다는 이야기를 했다. 도무지 받아들일 수 없는 사실이 암 진단처럼 천천히 선득하게 다가왔다.

"네가 군대를 안 가봐서 그렇다 어휴, 한번 가봐라 가면 그게 무슨 의미인지 알 거다"

성인이 된 내게도 같은 시련은 어김없이 찾아왔다. 입영 통지서다. 그렇게 나는 늦봄의 어느 날 군대에 가게 됐다. 신병 교육대에서 자대 배치까지는 꼬박 두어 달이 걸렸다. 보급품과 함께 받은 자그마한 수첩과 볼펜 하나를 제외하고는 돈도 연줄도 아무것도 없이 그렇게 모두가 기피하는 강원도의 한 부대에서 내 군 생활은 시작됐다.

"야, 진짜 짜증 나는 게 뭔지 아냐? 눈이 오잖아? 그러면 밤에 잠도 못 자고 주말도 쉬는 날에도 하나도 못 쉬다가 그렇게 월요일이 오지? 그러면 일

괴도 다 제쳐두고 다시 모두 없었던 일처럼 눈을
치워야 된다는 거거든 어휴, 여름에 온 네가 뭘 알
겠냐?"

일병이 되어가던 때, 갑자기 왔다. 눈이 내릴만한 시
기가 아님에도 하늘에서는 눈이 떨어졌다. 며칠이
지나지 않아 본격적으로 눈이 내리기 시작했다. 아
직은 애매한 입장, 권력도 직급도 어중간하게 낮은
그즈음 불현듯 겨울이 왔다.

"야, 너 지금 뭐 하냐 선임이 너한테 장난친다고
네가 똑같이 장난치면 되냐 진짜 죽고 싶냐 너?"

내게도 그때가 온 것이다. 눈을 싫어할 수밖에 없는
순간이 도래한 것이다. 눈을 치우는 고통이란 밤새
쓸어 길을 만들어도 지나가면 다시 똑같이 쌓여있는
눈을 치우게 되는 일보다 새벽이건 낮이건 선임들을
불편하게 하지 않으면서 먼 선임이 내게 장난을 쳐

도 똑같이 받아칠 수는 없고 가까운 선임이 욕지거리를 해도 연신 죄송합니다 소리밖에 할 수 없는 고통을 알게 된 것이다. 부지런한 빗자루질 뒤로 선임들의 눈덩이가 날아오고 눈덩이를 맞아도 절대 웃거나 장난을 치면 안 되지만, 그렇다고 선임에게 짜증을 드러내서도 안 되기 때문에 필연적으로 욕을 먹어야 하는 지옥이 시작된다는 것을 알게 된 것이다. 눈에 대한 나의 낭만은 그곳에서 막을 내렸다. 지난밤 내린 눈을 보다가 눈사람이나 한번 만들어볼까 하고 생각했다. 내가 이 나이 먹고 무슨 눈사람을 만들어 눈은 쓰레기였는데 하고 지나간 과거를 돌이켜보다가 엉겁결에 눈사람을 만들었다. 지옥 같은 기억이기도 하지만 눈사람은 여전히 예쁘고 눈송이는 낭만적이다. 금세 사라지는 허무한 밤에 어색한 기분으로 떨어지는 눈을 바라보고 있다.

우와 눈 온다. 나가자 우리.

솜이불

눈을 질끈 감으면서 차라리 덮어버리기로 했다. 꽁꽁 둘러싸면 어차피 깜깜해지니까. 보이지 않는 건 아예 없는 것과 다름없으니까. 창밖이 온통 하얗다.

당신은 죽었다

산다는 게 무슨 의미가 있을까.

그런 고민을 하고 살았다. 자아를 인지하게 된 순간,
기대와 설렘보다 막막함과 막연함이 거대한 돌처럼
내 앞에 있는 것을 알게 됐다. 고작 삼십 년 남짓을
그렇다고 죽을 용기는 없어서 열심히 살게 됐다.

우리는 삶에 가까이 있을까, 죽음에 가까이 있을까.
사람의 기본 상태는 깨어있는 상태가 아니라 잠들어
있는 상태라고 한다. 깨어있다가 잠시 잠에 들고 다
시 깨어나는 게 아니라 잠들어있다가 잠시 깨어 활

동을 마치고 다시 잠드는 것이라 한다. 그렇다면 우리는 삶보다 죽음에 가까이 있다고 볼 수 있겠다.

죽어있다가 이따금 살아나고 다시 죽는 삶. 그런 삶에 고귀한 것이 있을까. 죽음이 우리에게 존재하는 방식은 관념에 가깝다. 주로 아직은 시각화되지 않은 단어로 남아있다. "만약에 네가 내일 죽는다면 지금 뭘 할 것 같아?" 같은 와닿지 않는 질문처럼, 대다수가 죽음을 막연하게 생각하며 산다. 이별과 사별, 긴 안녕과 영원한 묵음을 자주 경험할수록 우리는 빠르게 어른이 되어간다. 상실과 소멸에 수반되는 성장의 이치가 우리의 내면을 성장시킨다.

말은 불멸한다. 내게서 시작된 말은 내가 죽기까지 사라지지 않는다. 끝까지 당신의 곁에 남아 꺼지지 않은 불씨처럼 불시에 살아난다. 그래서 되도록 선을 도모해야 한다. 좋게 말할 줄 알아야 하고 또 용서할 줄 알아야 한다. 나쁜 의도가 아니었다면 그저 그러려니 할 줄도 알아야 한다. 모든 일은 어떤 형태로든 다시 돌아가게 되어있다.

단죄되지 않았더라도 내가 준 상처와 고통은 결국

상대에게 고리를 건다. 그리고 죽을 때까지 나에게서 멀어지지 않는다. 세월이 흘러갈수록 더욱 가깝게 끌어당기다가 죽는 순간에 돌이킬 수 없는 후회로 남게 된다.

살아갈 때는 다 다른 생각을 하고 살지만, 죽음을 코앞에 두면 대부분의 생각이 비슷해진다. 후회와 미련, 미안함과 고마움만 남는다. 그렇다 한들 초라한 그 후회가 어디에 가닿을 수 있을까. 결국 고통을 입에 문 채 한심한 거름이 될 뿐이다.

하지만, 다행스러운 것은 당신이 이미 죽은 것과 다름없다는 사실이다. 매일 죽고 다시 새로운 하루와 함께 태어난다. 그래서 당신에게도 기회가 있다. 후회와 회한을 버리고 사과와 용서를 통한 생명을 도모할 기회가 있다. 다른 누구도 아닌 당신을 위해.

글을 쓰게 된 후 알게 된 것이 있다. 말은 모호하고 마음은 명료하다는 것이다. 꾸미려 하면 오해가 생기고 진솔했다면 큰 후회가 남지 않는다.

죽어있다가 이따금 살아나고 다시 죽는 삶, 그래, 그뿐인 삶에 그다지 고귀할 것이 있을까.

늘 고마워, 많이 사랑해

이 말을 벗어나서는 아무런 말도 하고 싶지 않다. 그
것을 알게 되는 순간이 얼마나 화창한지 아직 도달
하지 않은 당신에게도 거대한 이 구원의 빛이 조속
히 도달하기를 바라본다.

가을이 오면

텅빈 거리보다

비어있는 나의 마음에

새빨간 너의 기억이

가을이 되어 물들어가네

이별의 계절

움츠러드는 아침은 계절보다 먼저 이별이 와

전멜더

아무도 없는 전멜더 앞에서

멍하니 한참 바보처럼 서있어

단 하루라도

잊혀진 멜로디가 바람에 흘러나오는

잊으려해도 자꾸 생각나.

꿈에

지나간 밤 꿈속엔

그리운 그녀가 어린아이처럼 울고있다고.

이솔로몬 _____

1993년에 대구에서 태어났다.

다 알 것 같지만 여전히 모르는 일이 너무 많은 서른셋,
그런 내가 하나 알게 된 게 있다.
사랑을 넘치게 담으면 하루가 눈부시게 일렁인다는 사실.
빛은 당신이다. 당신이 빛이다. 당신이 항상 눈부시기를 기도한다.
사랑을 빼고 말하자면 할 말이 없어서 글을 쓰고 노래를 부른다.
지은 책으로 《엄마, 그러지 말고》, 《그 책의 더운 표지가 좋았다》,
《그렇게 잘 울지도 않던 당신이》가 있다.

떠나면 남는 계절

초판 1쇄 인쇄 2025년 12월 16일
초판 1쇄 발행 2025년 12월 30일

지은이 이솔로몬

책임편집 이정
디자인 강경신
책임마케팅 최혜령, 박지수, 도우리, 양지환
마케팅 콘텐츠IP사업본부
해외사업 한승빈, 박고은
경영지원 백선희, 권영환, 이기경, 최민선, 강아현
제작 재영P&B

펴낸이 서현동
펴낸곳 ㈜오팬하우스
출판등록 2024년 5월 16일 제2024-000141호
주소 서울특별시 강남구 테헤란로 419, 11층(삼성동, 강남파이낸스플라자)
이메일 info@ofh.co.kr

ⓒ이솔로몬 2025
ISBN 979-11-7577-090-4 (03810)